きらきらいし

古溝真一郎

七月堂

きらきらいし

古溝真一郎

目次

装画＝古溝　言理

きらきらいし

日記

満員電車の中で
とんでもなくかわいい女の子とからだを密着させていた
彼女は迷惑そうでも　もちろん嬉しそうでもなく
プライベートとパブリックのあいだの
曖昧な表情のまま　おっさんの背中をじっと見つめていた

よく知らない人と二人きりになって

何も話すことがないので「今日は、よい天気ですね」と言ってみた
そして（なるべくつまらない答えが返ってきますように）と祈っていた
たぶん同じようなことを相手も祈っていたのだろう
「そうですね、今日はよい天気です」と彼は答えたのだ

俺の日記の中では面白い出来事など何も起こらないが
それはきっと面白い出来事よりも　いくらかましなことに思える
昨日テレビで観た芸人の面白ギャグを誰かの前でもう一度演じてみせるようなことが大抵
つまらないことであるように
面白い出来事のほとんどはかつての
面白かった出来事の
反復だけで出来ている

×

生ごみのにおいがして目が覚めた
あわててとび起きて
自分が生ごみでないかどうかを確かめる
残念なことに俺はやっぱり生ごみに間違いなかったのだが
幸いなことには
今日は燃えるごみの日ではなかった

×

今日は四月七日だけれど　ためしに八日の日記を書いてみる
朝六時に起きて　シャワーを浴びて　いつものネクタイを締めて　家を出る
いつもの電車に乗り　いつもの駅で降りて　いつもの仕事場で　仕事をする
いらっしゃいませ少々お待ちくださいませお待たせいたしましたありがとうございました

またどうぞお越しくださいませを　繰り返し繰り返し
いつも通りの疲れにぐったりしながら　帰り道の文房具屋で万年筆と便せんを買い
いつもの喫茶店の　いつもの席に座ってからおもむろに　手紙を書く

もう何年も話していない母親
先月誰かと結婚したかつての恋人
昨年死んでしまった尊敬する詩人
ずっと遠くへ離れてしまったままの
すべての記憶された人々へ宛てて
俺は手紙を書く

「前略
繰り返し繰り返し／ぼろぼろになった絵本を読みつくした子供が／部屋の片隅で
黙っています／それはかつての私の姿でもあり／現在の／私自身の姿でもあります

／ついさっき／お母さんの作ったおやつを／食べたような気もします／再放送のアニメを観ながら／少し／うとうとしていたような気もします／そしてどこかの国のお姫様が／悪い魔法使いにさらわれ／私はひとり旅立ったのです／道中ではたくさんの／陽気でたのもしい仲間たち／そこにはいくつも新しい発見があり／勇気とやさしさがあふれ／空は／くっきりと晴れたり／激しく雨を降らせたりしました

繰り返し繰り返し／ぼろぼろになった絵本を読みつくした私が／部屋の片隅で黙っていています／でも本当は／いま東京の喫茶店にいて／グラスの氷がしだいにとけていくのを眺めています／気がつけば／もう三十年ものあいだ／ずっと同じ姿勢でうずくまっているのです／恋愛や仕事で忙しい毎日の物語が／まるで伝説のように／手のうえで開かれまた／閉じられるのです／氷がとけて／グラスの中が水だけになりました／つまりそれは何一つ変わらないということなのです

×

そういえば／これは四月八日の日記で／でも本当は四月七日で／私はもちろん／いま手紙なんか書いていないし／本当の四月八日にも／きっと書いたりはしないでしょう／ところで／もし私の世界に望むことがあるとしたら／たとえばこんなことです

昨日のことをまるで今日のことのように繰り返し繰り返すことじゃなく
今日のことをまるで明日のことのように空想しながら生きること
昨日の日記を書くのではなく
明日の日記のように
今日を生きることです

ぼろぼろになった絵本を読みつくした私についての
新しい絵本を書き始めることです

それでは／また明日——
二〇〇八年四月八日」

日記

昼やすみ　祈る姿勢で
半時間ほど便座にすわってねむる
平和の象徴
それは個室便所だった
天井の火災報知器が私をみている

ゆめうつつでいると

遠くの店内放送からカーペンターズがながれはじめる
こころの表面がふやけてきて　つい
水にながしてしまいたくなる
仕事のことも
ぽえむのこともぜんぶ

×

今朝は恋人に
一方的な意地のわるい話をして泣かせました
たとえば、ではじまって
そもそも、でおわる
正しいだけが取り柄のような話をしたのでした

パン皿を重ねたあと
恋人が化粧をはじめたので
私はネクタイを結びました
明確に何の躊躇もなく固くしっかりと
首にネクタイを締めあげて戸口を出ました
そうしていつもの電車に乗りいつもの駅でおりるといつもの仕事場で仕事をしました
まるでいつものように　いつもの仕事場でいつもの仕事をするように仕事をしました

たとえば、のうしろにつづくように生活は営まれ
そもそも、と言いさえすればそれでもう安心してしまって
ほんとうなら私にあたらしいはずのすべての驚きが
もはやいきいきと思いだせるなつかしい過去のようです
なべて
例示にすぎないのでしょうか

世の中のことは！

×

夜　未央と無言で向きあいながら
短い箸で冬の煮物をつついている

（馬野ミキ「ぽえむのことをぜんぶ」より借用あり）

ソーシャルネットワーク

幾年も言葉は交わされず
めいめいの日記が
更新される
まるで関係のない出来事ばかりを
覗きあうように私たちがつながっている

かつての知人

ともすると恋人でもあった誰かの詳細を
互いが一方的に
知りすぎている
常用している薬の名前も　上司の嫌みな態度も
離婚のきっかけになった些細な言い争いも　知っている
そうして私の結婚や　禁煙に失敗したこと
ときどきに詩を眺めては　考え込んでいることなどもきっと
知られているだろう
（もう二度と何も語り合うつもりはない）
そう考えていることさえ知っているのだが　そのほかに
いったい何を知りあえば
知人と呼べるのだったか

それは人生の喩えではない

ただの日記だ
怒りを覚えたまま電話を切った人と
ずっと行きあわないまますぐに幾年かが過ぎた
そのあいだにも日記はアーカイブされつづけ
声のほかは　顔貌も朧げになった人の詳細を
ときどきに覗いては　かつての怒りの治まりを確かめ
新しい
日記を書く
それは手紙の喩えではない

二月十八日
今日も仕事をした
昔とは違うスーツで
昔とは違う仕事をした

結婚したばかりの人が待つ家へ帰り
生まれたばかりの猫をたくさん叱ってたくさん撫でた
昨日借りた映画を観ながら明日の話をして
日記を書いて
みんなで眠った

×

思い出ぶかい映画の
知らぬ間に続編がつくられていたことを知る
観ないうちから名作だと決めつけて
一生それを観ない

おもいをいたす

近くの広場に被災地の野菜を売りにきているというので
仕事の合間に立ち寄ってみるとすでに売り切れていた

×

売りもののない広場には
チャリティのためのステージが設えてあり

どこかの学生サークルがフラダンスを披露していた

つかのま　行ったことのないハワイにわたしはいる
そしてそんな場所はどこにも
ないのだと思いたくなる

たくさんのサラリーマンが灰皿を囲んでそれを眺めていた
わたしも混ざって　太ももばかり眺めた

健忘

磨き忘れた靴を履く
ことの大事を知りながらことを忘れ
結婚をし
子を作った
たとえ昨日と同じだけしか食べなくても妻の腹部は膨らんでいく
駅の長い階段を駆け下ろうとしたら

日本共産党がエスカレーターの設置を鉄道会社へ働き掛けているというビラを貰う
ここでは貰うこともまた掛け替えのない意思なのだろうし
靴を履いている間のわたしに意思は貴重である
ビラをすばやく鞄の中に仕舞い込む

靴を見ればその人が分かるという言葉を知りながら
毎日それを磨き忘れる
取引先の誰かが時折わたしの足元を見ていることがあり
そこに果たして意思はあるかと
靴のように誰かの表情をわたしも見ている
履き忘れていない限り
それは変わらない

ミネラルウォーターや猫砂を両腕に抱えて帰る

登り坂に差し掛かると磨り減らした靴の裏が酷く気になってくる
家に着くと裸足になり
まだ忘れずにいたことの幾つかを探しては話す
妻はわたしの代わりに残らず覚えてくれるので
床に就けば丸ごと忘れてしまう

明日は二人で新しい靴を買いに行く
おそらくは
そういうことになる

練馬区民

幼い娘を育てながら
何を思い出すのでもなかった
ただ瞬間ごとに違うわたしであったと
確かに思い当たり

住み慣れない土地
ここが東京でなくても同じことだ

誰かの手料理を前にして感じる異国情緒のようなもの
その遥か向こうにわたしたちのしずかな戦禍があるとしても
おいしく
いただくことができる
はじめからふるさとに味はない

きょう散歩の途中で
パワーショベルのやわらかい動きを娘がじっと見ていた
人に連れられた子犬が通りかかると
わんわんやー、と云ってゆびを指す
ほんまや、わんわんやなあ

伊予と大阪その他の
ことばに塗れて娘が育つ

食卓に誰かの
クックパッドのレシピが並ぶ
地球をつなぎとめているものはこころではなく重力だろう
だからわたしたちはどこへも行けない
だからわたしたちはどこへも行かれる

わたしは娘の父である
と信じるように本当はこの道がどこまでも自由に続いていて
たくさんの素敵な風景と人々が
生きていると父は信じる
とわたしは信じている

幼い娘を育てながら
何を思い始めるのでもなかった

公園に着いてつないだ手を放してみると
しばらく戸惑ったあと娘は笑って
駆け出していく

宇宙物理学

破綻のない
みっつの世界
正しいことばかり子は言う
ひとりなら無視をする赤信号をふたりでじっと待つ

たとえば正義について
私はまだ言わない

食べて寝て
ただ生きるみっつの世界
いまは私の半径五メートルのうちで極限なく自由であれ
さきを急ぐおともだちや
ふいについた嘘のためにいつか
ぜんぶ終わる

きのう描いた手紙の線が
みんな出鱈目に見える日が来る

アンテナ

一歩外へ出れば私に属するものは何もない
年寄りが集まりつつある明け方の森へ向かう
植生は豊かだ
子は可愛い

子は可愛いいまま家で眠っている
その隣で妻も眠っている

森には
私の知らない花が咲き知らない鳥の声がする
子ならばそれをはなと言い
とりと言うだろう
妻はその花の名とその鳥の名を子に教える
私は聞いてはいるがすぐに忘れる

歩きすぎたと感じるまで
より草深い小径を選んでぐんぐん進む
地肌の湿りや光の具合についてのあいまいな感度を
誰かのうわさ話のように
描くことはない

年寄りの声はとてもとても大きい

その合間を足早に縫って歩く
私たちはただ一様に衰えていくわけではないのだ
何かが枯れると別の何かが生長をはじめて
景色はゆっくりと変わっていく
墓もなく

かつてこの森では自治体による螢の繁殖が試みられ、三年間で三千匹の幼虫が放されたが定着せず、いまでは一匹も見ることができない。また、平成五年までここに結核療養所があり、立原道造が昭和十四年三月に二十四歳で亡くなっている。

美しい思い出

傘がない
ときおり降る雨は弱いのでまだ買わずにいられる
それも喩だ
私は恥ずかしいのかもしれない

妻と名付けの話になって
子に喩の字を付けようとしたことを思い出す

真喩とか
喩実なんてどうだろうか

こういう時
言葉は只なので恥ずかしげもなく詩は溢れる
一億総活躍社会にはとりわけたくさんの詩が

五十音順に
並んでいる
まるで教室の昼みたいに
ひとつひとつ意味を湛えて眠っている

雨が止んで
まぶしい

暮れ方の公園を三人で歩く
ふいに何か飛び立つのか
大きな滴が一時に生まれ落ち

冷たく
香りはじめた梅の梢をみんなで見上げた
一月二十二日に生まれた
子は言理《ことり》と名付けられた

みっつの世界

破綻のない
あそぶわが子の声や手足のうごき
私の条件にかなっているそれを
見ている
天井にほうり投げ
殺した親がその子に出した条件もあっただろうか
パパと呼ばれて

差し出された風船を打ち上げる

小学校脇にある緩やかな坂を上りきると風が
行き交う自動車とともに道が
子を抱えて
小走りに横断歩道を渡った先の
地下鉄改札へと下るエレベーターの内部からは
ごみを満載にしたリヤカーが

現れる
子の目は見開かれ
片足首の曲がった若いホームレス風体の男の
血走った眼差しと束の間すれ違う
もちろん愛や正義について

私はまだ子に言わないが

たとえばいつか
人類は絶滅の日を迎える
私たちのずっと先にいるその最期のひとり
かつて彼もまた見知らぬ誰かの子であった

水族館では大きな亀と
小さな亀と烏賊と狆穴子が楽しかった

伽

いなくなっていく人について
あらまし語りあい
それぞれの通夜は更ける

ことし幾度目かの
台風が列島を通りすぎる
おおきく吹きおろされさらに高く舞いあがり

生きるものは息を詰めて影のまま覚めている

出来事だけの
それは連なりだった
むかしむかしあるところに生まれ
それから死んで
ひとつの声がうしなわれ

きょうも
夢物語を捨てられずにいる
わたしたちのためさかんに誰かが導かれ
見殺しにされていくのも知っている
口数が多くなりすぎている
凪が喧しくて眠れない

子に
せがまれて語りだす
桃太郎と忍者とぱっぺんつろっぺんの出てくるながいおはなし
桃から生まれ
きびだんごを配りおえたあたりで
もう眠っている
ここからは自力で
しずかに夢を見はじめる

顔を寄せて
息を確かめる

いきてはたらく

長雨で歩道の苔が盛り上り
蕺草は庭一面を覆っていた
ようやく訪れた週末の晴れ間に
人足のように招かれる

二十年物の
葡萄棚を解体する

かつて垂直に背を伸ばし
ばあさんたちが力を合わせて組み上げた
その団地の一角で
腐食した竿竹を
孑孑の湧く植木鉢を叩き壊す
もう見上げることも辛くなって
いちにち土を眺めている
ばあさんに礼を言われる

砂に交じる
砕かれたプラスチックか何かを
きらきらいしと呼んで子が集めている
かわいらしい
空想上の星の欠片

というわけではまったくないそうだ
夢はなくてもいい
仕事はある
地下茎をあらかた引っこ抜き
高圧洗浄機で苔を吹き飛ばし
なるべくみんな
長持ちをさせるついでに

いきて労いのように立っている
子へ掌を
そっと差しだす
たいへんよくがんばったので
青いきらきらいしをふた粒いただく

黙禱

枝付きの黒豆は突然に送られてくる
長く会わない両親を思いながら
ひと莢ずつ枝から離し
粗塩でよく揉み
茹でる
穏やかな仕事をつかのま想像して箱を閉じる
そのまま痩せて乾いていく

子は園へ
妻は雇われにどこかへ
三人揃う休日はほとんどない
あっちで八人こっちで十二人と
絆で揃える日もあったがもう無茶なことだ
一族も一系も
朧な道を往きあぐね
きょろきょろ見回すばかりでなんも見えない
明日もまた繰り返すならせめて
残業しないで帰してほしい

ただいま
おかえり

時間なくて簡単なやつにした
冷凍のカレーを温めて
炊きたてでないご飯にかけて三人で食べる
風呂と歯磨きを済ませたら
寝室で適当なおもちゃや人形を並べはじめた
パパきのうのつづきのパーティーしよう
パジャマパーティー？
そうだねえしようか
みんなぐたりと眠くなるまで
いまいるものもいないものもみんなで

妻の
両親からは今年も蜜柑が届くらしい
食べきらずに忘れたままの

去年の数個を思い出す
真っ暗な押入れの籠の中で一層黒ばみ
まだ縮みつづけている

開花

声がして見上げる
たぶんメジロとシジュウカラだ
校庭のサクラの
立派にひろがる冬芽のすきまに止まったまま
それなりの絵になっている
お知らせによれば
春を待たずに伐られるようだ

腐朽空洞率が五〇%以上と診断され
倒木の危険性が高いのだという
外づらでは何もわからないがしばらく眺めた
詩にはなるだろうか

冷え込むと痛む歯
十年も放ったらかしのパパみたいになるよと
眠る前に磨かない子を諭す
四歳児は
十年を理解しない
悶着してようやく洗面台に向かい
内がわで不服を育てつつならわしで歯を磨く
九時には寝床に就くならわし
親ならば子を育てるならわし

なべて当然のこと
とは言えない

やがて春になっても校庭にサクラはない
あればもちろん花は開いて
きちんと絵にもなったのだろう
寂しげに瞼を閉じ
舌で触ると
知らぬ間に大きな穴が開いている
ふかく植えられた神経の行く末を
息を詰めて見極めてみる

ある祝日

人が床を踏んで暮らす
よりすこし高いところに猫は寝ている
カーテンの向こうの
張り出し窓
生きていればひとまず音でわかる
震えているのでわかる

雨が降っている
子は黙ったまま

無心で描かれる蝶や少女を
親らしい眼でぼんやり見ていた
そのダイニングテーブルへ
食べるものを妻と運ぶ
察した猫がちいさく鳴いて現れ
猫へも配膳する
餌を噛むと湿った音がして
震えているのがわかる

町中の側溝へ雨は流れる
国旗は仕舞われたまま

明日は、と子が聞く
もちろん仕事
わたしたちはルールに従って
夢中になることが求められている
気儘に遊ばずによく噛んで
なるべく口は閉じて
たのしく

雨はまだ止まない
にじの歌を子が
大声で歌いはじめる

すると天井から

何度も床を踏み鳴らす音
あわてて猫が窓際へ駆け上り
子は歌うのを止める
ええと
今日は何の日だっけ？
知らない
それに二階の梅川さんの
上の息子さんの顔を知らない

三月

午後の公園に人がいて
ふいに問われ
とまどいながらも子はフルネームを答えた
えらいねか何か
人は言った
子の名のほかにその姓が
すでにべったりへばりついている

ケーキ屋さんは
五つめの夢
スコップで乾いた砂を器へおし込め
さかさまにしたら
できあがり
少しの風で崩れてしまっても構うことはない
砂場に砂はたくさんあり
いずれ雨や雪が降って川や池にもなる
いらっしゃいませ
なにのケーキにしますか?
こうやっていくつも夢を見たあとに
きっと別人みたいになる
子も私も

姓ではまだ呼ばれない
子を名で呼ぶ
ウエディングケーキみたいな
大きな砂山をおし固めるのに熱中したまま
返事はない
寒くなってきたから帰ろうよ
お家でママも待ってるし
遠くの
防災無線から夕焼け小焼けが聞こえてきて
すぐに公園から人はいなくなる
もう一度
もう少し小さな声で
子の名を呼ぶ

照らされたしずかな坂を下る
団地の隙間から月が見えてくる
いつ駆け出してもいいように
よわくよわく
手をつないでいる

待人

わたしのおうじさまはどこにいるの？
問われて
子の顔を見る
比喩ではないだろう
お城にすむ王子様はこの国にいないよ

と答える

本当は
たぶんいる
もちろん白い男の大人や
現実に息をしている何かでなくても構わないが
きっといる
いてるから心配はしなくていい

聞かずに
花まで走る

未来

八百屋の口笛で
目が覚める
冬のシーツを敷いたまま
子と私が汗をかいていて子は眠っている
隣で妻も眠っているだろう
猫は起きている

通りの向こう
肉屋と
八百屋と
ひとつ挟んで文房具屋が並んでいて
ちからいっぱいの速さで
シャッターが押し上げられるのを聞いている

鉄屑を量る
河川敷の施設にトラックが往来する
そのたび床は震えて
十歳の私が目覚めていく
堤防に登ってはいけないので川は見たことがない
川では豚を洗うために豚の臭いがする
その豚も見たことはない

母と小さな弟の声がする
弟は泣いているのかもしれない
父は
とっくに家を出て地下鉄の中に立っている
母は起こしに
こない
遅くまで私の寝ている朝は
必ずおねしょがされているからだ

いつまで
このままでいられるんだろう?

馬乗りで

子が私を起こす
妻のパン皿を並べる音がしている
まもなく私が立ち上がり
家じゅうの窓はつぎつぎに開け放されるだろう
店先を掠めて風が流れ込んでくる
そのとき
猫はどこにいるか

午後の集まり

駅の
ツツジの内側に
幾羽かのスズメの気配がある
空が
だんだらに暗い
知らない人に会いに行く

予報は今日も雨だ
アプリで
雨雲を見る
五キロ北を東へと流れている
向かうのは西なので
無関係な
雲だ
雨傘は置いていく

風景がさっと東へ流れる
座って
ずっと家族のことを考えている
家も
族も好きではない

好きでいなくてもべつに構わないが
子も
親も
かわいい

窓が濡れはじめる
人は
波のように
ひとりひとりで揺れている
刻々と
アプリの
現在地が動いていく
たとえ遠くへ行くつもりでも
普通はすべての

駅に停まる

早く着き
眩しい駅の出口に立っている
会う人を知らないので
すべての顔を
うすめに見ている

宿題

湧く羽虫を
小さければ子が
速ければ猫が仕留める
見ないふりの
蜘蛛は
育つ

もう
小学生で
虫ではないので
ちゃんと時間割どおりに
過ごすこと
花を育て
観察日記を書くこと

「思ったことなら何を書いてもいい」
わけではない
と知っているので
何も書けないでいる

子に

それでもなお
「思ったことなら何を書いてもいい」
と懸命に言う

事務所で
数日前を思い出している
顛末書には書くべきことだけがあって
何も思わない

それでもなお
湧く
隅へ動くようなものを追っている

知らない

虫かもしれない

帰路

あの雲が
タツノオトシゴに
見えるね

撮る
というのでスマホを渡す
風が立ち

構えるころにはもう
ない

撮れたの
空の
痣みたい

すぐに解けて
森の向こうへ流れていくのを
眺めていたら

いつの間にか
走っていって
遠くで

スマホの手を挙げている
何度も
何度も同じ道を帰っていく

誰の
故郷でもない
誰にも似ていない私たちの
立つ場所

地球が
あったころの
お話

きらきらいし

二〇一九年一月二二日　初版発行
二〇一九年一二月一八日　第二刷発行

著　者　古溝《ふるみぞ》　真一郎《しんいちろう》

発行者　知念　明子
発行所　七　月　堂
〒一五六―〇〇四三　東京都世田谷区松原二―二六―六
電話　〇三―三三二五―五七一七
FAX　〇三―三三二五―五七三一

印　刷　タイヨー美術印刷
製　本　井関製本

Printed in Japan
ISBN 978-4-87944-357-1 C0092